Adrian Plass
Der Grashalm

Adrian Plass

Der Grashalm

Die kleine Geschichte einer großen Entscheidung

Aus dem Englischen von
Christian Rendel

Brendow
VERLAG + MEDIEN

Bibliografische Information der Deutschen Nationalbibliothek
Die Deutsche Nationalbibliothek verzeichnet diese Publikation
in der Deutschen Nationalbibliografie; detaillierte bibliografische
Daten sind im Internet über www.d-nb.de abrufbar.

ISBN 978-3-86506-260-4

Einbandgestaltung: Brendow Verlag, Moers
Titelfoto: Colourbox
Satz: Satzstudio Hans Winkens
Druck und Bindung: CPI – Clausen & Bosse, Leck
Printed in Germany

www.brendow-verlag.de

Vorwort

Es war ein Schock. Ich hatte diese Geschichte (auf Englisch hieß sie ursprünglich »Father To The Man«) seit Jahren nicht gelesen und ich hatte vergessen, wie schmerzhaft autobiografisch sie ist. Ich habe nicht vor, mich zu quälen, indem ich diese Verbindungen zu meinem vorigen Leben in dieser Einleitung seziere. Aber ich werde zugeben, dass ich laut aufschrie, nachdem ich meine Lektüre beendet hatte und das Buch wirklich und wahrhaftig in die Ecke warf, um mich von der soghaften Wirkung dieser erfundenen Erinnerungen zu erholen. Es war schrecklich.

Die Beweise erfolgloser Selbsttherapie will ich einmal beiseitelassen und muss doch sagen, dass die Themen, um die es in der Geschichte geht, mich paradoxerweise gefesselt haben. Die Meisten von uns bewegen sich (wenn überhaupt) spiralförmig vorwärts und aufwärts. Dabei kommen sie immer wieder auf die gleichen Fragen und Sorgen zurück und können hoffentlich jedes Mal eine zusätzliche dünne

Schicht des Verstehens ansammeln. Bei mir jedenfalls ist das so, obwohl die Spirale manchmal ein Kreis wird und es keine nach oben gerichtete Bewegung gibt. Spielen Sie nie Swingball mit dem Teufel.

Ein Thema ist Alkohol. Die Geschichte ist darin getränkt. Mich hat immer der Rat fasziniert, den Paulus den Ephesern gibt: betrunken zu sein, nicht durch Wein, sondern durch den Heiligen Geist. Interessanterweise wird Betrunkenheit auch von Jesus im Lukasevangelium als eines von drei Dingen erwähnt (Liederlichkeit und Angst sind die anderen zwei), die wir aus guten und praktischen Gründen sorgfältig vermeiden sollten, weil sie unsere Herzen niederdrücken würden. Vermutlich war es Paulus und Jesus bewusst, dass die Wirkung des Alkohols, sogar nicht einmal notwendigerweise im Übermaß, eine der feinsten Täuschungen ist, die sich die dunkle Seite ausgedacht hat.

Guter Rotwein und deutsches Bier sind ziemlich weit oben auf meiner Liste der besten, köstlichsten Dinge, die die Welt so im Angebot hat, aber heutzutage trinke ich nur noch sehr gemäßigt. Was noch wichtiger ist, ich glaube nicht mehr an diese verführerische Lüge, es sei möglich, Frieden und Heilung auf dem Grund des nächsten Glases zu finden. Schließlich löst Alkohol keine Probleme. Paul, die Hauptfigur in dieser Geschichte, beginnt so langsam, das zu lernen.

Das zweite Hauptthema der Geschichte hat mit Wahrheit und Offenheit in Beziehungen zu tun. Paul hält wichtige Aspekte seiner selbst von seiner Frau und seinem bestem Freund fern. Er will und kann auch fast nicht riskieren, sich ehrlich mit zwei der bedeutsamsten Menschen in seinem Leben auseinanderzusetzen. Natürlich gibt es keine Regeln darüber, aber diejenigen von uns, die sich mit solch einem Handicap identifizieren, wissen sehr gut, dass es Zeiten gibt (wenn wir Aufregung oder Kummer oder tatsächlich einen Sturm positiver Gefühle erleben oder auch alles drei auf einmal), in denen es für uns und all diejenigen, die, wie Paul Tournier sagt, ständig wie ein kleines Boot um eine Insel kreisen und einen Landeplatz suchen, wunderbar vorteilhaft wäre, wenn wir es riskierten. Diese Kommunikationslähmung verursacht Schmerz, Verwirrung, Verzerrung und manchmal eine tragische Verschwendung von strahlenden Möglichkeiten. Diese Herausforderungen entmutigen, aber unser glückloser Held muss das Problem anpacken oder sich der Aussicht eines schlimmen Verlustes stellen.

Das dritte Thema ist Bekehrung, in diesem Fall zum Christentum. Es scheint sogar noch weniger Regeln über diesen seltsamen Prozess zu geben, der unveränderlich verlangt, dass wir irgendwann in eine neue und häufig ebenso drohende Vielfalt der Verwirrung und Unklarheit eintreten. Sein Selbstbild mit allgemeinen Stereotypen von Leuten, die zur Kirche gehen, zu vergleichen, wirkt auf Paul verstörend und bedrohlich. Aber er hat einen Blick auf einen winzigen Lichtpunkt in weiter Entfernung erhascht und der Pfad, dem er folgen muss, um diesen Punkt zu erreichen, ist nicht dunkler als der Ort, an dem er sich befindet. Wird er die Reise vollenden? Werden Sie es? Werde ich es?

Möge Gott uns alle segnen, die wir zusammen reisen.

Adrian Plass

1

Es war sehr schwierig, Schlaf zu finden, nachdem ich an jenem Abend meinen Sohn so abwesend und unglücklich gesehen hatte.

Um zwei Uhr morgens lag ich immer noch wach, nachdem ich *Biggles and the Black Peril* zur Hälfte durchgelesen hatte, um mich von der furchtbaren Trostlosigkeit in Dans Augen abzulenken, als er Gute Nacht gesagt hatte. Violet hatte es schon immer gehasst, wenn ich meine alten Kinderbücher als emotionale Teddybären benutzte, aber ich wusste keinen anderen Weg, mit dem hohlen Gefühl der Panik fertig zu werden, das mit der Nacht einsetzte.

Schließlich, ausgelaugt von Müdigkeit und der ständigen Anstrengung, den Anblick von Dans Augen aus meinem Bewusstsein fernzuhalten, überließ ich Biggles, Algy, Ginger und Bertie ihren eigenen Weltrettungsbemühungen und döste ein. Es schienen nur Sekunden vergangen zu sein, als ich von dem Geräusch der sich öffnenden Schlafzimmertür wach wurde.

»Papa«, sagte eine dünne, ängstliche Stimme vom anderen Ende des Zimmers her.

Ich setzte mich auf. Meine Tochter, im Halbdunkel nur undeutlich zu sehen, stand in der Tür, einen ihrer Plüschfreunde fest im Arm umklammert. Ihre Füße, zwei kleine, ausgefranste Enden, waren hell erleuchtet von einem schmalen Strahl gelben Lichtes von der Straßenlaterne vor dem Flurfenster. Curly war noch nicht so groß, dass man ihr nicht hätte helfen können, noch lange nicht. Ich konnte ihr alles geben, was sie in dieser Nacht brauchte.

»Hallo, mein Schatz«, sagte ich leise, »was machst du denn hier?«

»Ich bin aufgewacht und hatte ein bisschen Angst, weil es so dunkel war, Papa.«

»Dann komm zu Mama und Papa ins Bett, Liebling. Dann haben wir keine Angst mehr vor der blöden Dunkelheit, oder?«

Die Füße verschwanden, als Curly die zwei Meter bis zum Bett tappte, mit einer helfenden Hand von mir heraufkletterte und sich in die Lücke zwischen Violet und mir stürzte wie ein Soldat, der ins Schützenloch hechtet.

»Ist das Curly?«, murmelte Violet schläfrig. »Alles in Ordnung, mein Liebling?«

»Nur ein bisschen Angst, Mami«, sagte Curly, wobei sie zum Sprechen ihren Daumen aus dem

Mund nahm und ihn hinterher wieder hineinsteckte.

»Nun, aber jetzt ist alles gut, nicht wahr, Curly-Maus?«

Curly nickte lebhaft auf dem Kissen, als Violet sie auf den Hinterkopf küsste, bevor sie sich wieder umdrehte, um weiterzuschlafen. Ich lag noch eine Weile wach und sah zu, wie der Schlaf und die Geborgenheit die Furcht aus dem Gesicht des kleinen Mädchens vertrieben. Schließlich hörten die Saugbewegungen auf, Curlys Daumen fiel aus ihrem Mund, und sie begann tief und gleichmäßig zu atmen. Wieder einmal war die Dunkelheit besiegt.

Es könnte Danny sein, der da liegt, dachte ich, während ich in dem Licht, das durch das verhangene Fenster über dem Kopfende des Bettes hereindrang, Curlys unbekümmertes Gesicht studierte – es könnte genauso gut Danny sein, der da liegt. Viele Male war es Danny gewesen, als er noch ein kleiner Junge gewesen war; als er noch ganz offen verletzlich und ängstlich gewesen war wie seine Schwester heute Nacht; als Violet und ich noch in der Lage gewesen waren, so ziemlich jedes Problem, das ihm begegnen konnte, mit einem Kuscheln oder einer Ablenkung oder einer jener akademischen Erklärungen, die er so sehr liebte, zu lösen; als er noch Danny gewesen war und nicht Dan und sein Leben so glücklich war, dass ich mir wirklich nicht hatte vorstellen können, wie er je etwas anderes als zufrieden würde sein können, wenn er älter wurde. Ich hatte so viel von mir selbst in dieses Kind hineingegeben – das Beste, was ich hatte. Mich selbst ohne Manipulationen und die Schmollerei und die unmerkliche Vernachlässigung, deren ich in all meinen anderen Beziehungen fähig gewesen war. Wie konnte es sein, dass er jetzt nicht glücklich war, wo ich ihm damals doch so viel mitgegeben hatte? Würde ich das alles mit Curly noch einmal erleben, wenn sie älter war? Kummer und Schmerz durchliefen mich in Wellen, während ich darauf wartete, dass der Schlaf kam.

2

Es fällt mir sehr schwer, Danny zu verzeihen, dass er unglücklich ist.«

Das war die Bemerkung, die den folgenden Tag so einen schlechten Anfang nehmen ließ, und ich schätze, ich wusste, wenn ich ehrlich bin, dass sie bei Violet überhaupt nicht gut ankommen würde. Sie war seit halb sieben auf und mit einem völlig begeisterten Kind beschäftigt. Curlys Augen sprangen jeden Morgen auf wie platzende Blasen. Sie sah keinen Sinn darin, auch nur einen Moment eines dieser wunderbaren Tage, die wie durch Zauberei immer wieder aufs Neue entstanden, mit Dösen oder wach im Bett liegend zu vergeuden. Außerdem war heute einer ihrer beiden Spielgruppentage, und Valerie, die Leiterin, hatte den Kindern versprochen, dass sie am Donnerstag mit Fingerfarben malen dürften. Heute war Donnerstag. War für eine Freude! Curly hatte ihre Freude bereits seit zweieinhalb Stunden mit Mami geteilt, als ich mich mit verquollenen Augen hinunter in die Küche schleppte. Violet hing über der Zeitung von gestern und einem deprimierend aussehenden Stück Toast, als ich mein Eröffnungs-Statement abgab. Sie blickte nicht einmal auf, als sie antwortete.

»Es macht mir nichts aus, mit Curly aufzustehen und Dan in die Schule zu schicken, während du da oben deine Leichenimpression aufführst, aber ich bin nicht bereit, für dich das Publikum zu spielen, wenn du daherredest wie so ein drittklassiger Oscar Wilde. Falls du mich überzeugen möchtest, dass du ein Schriftsteller bist, dann wäre mein Tipp, dass das überzeugendste Argument dafür ein Blatt Papier wäre, auf dem tatsächlich etwas geschrieben steht. Du hast heute immer noch ein paar Stunden zum Arbeiten übrig, falls du dir nur halb so viel Zeit zum Frühstücken nimmst wie gestern.«

Ich wäre beinahe umgefallen. Violets Fähigkeit, mich mit Worten in zwei Hälften zu schneiden, wenn sie es wirklich darauf anlegte, war schon immer zu viel für mich gewesen. Diverse Repliken schossen mir hintereinander durch den Kopf. Ich wollte sie darauf hinweisen, dass ich geredet hatte wie ein viertklassiger Gilbert Chesterton, nicht wie ein drittklassiger Oscar Wilde. Ich wollte ihr sagen, dass ich eine brillante Idee für einen humoristischen Roman hätte, so gut entwickelt, dass ich schon heute mit der Niederschrift beginnen könnte. Am meisten jedoch wollte ich ihr sagen, dass ich wirklich etwas gemeint hatte mit dem, was ich gerade gesagt hatte. Es stimmte, dass ich einige Zeit damit verbracht hatte, mir meine Worte zurechtzulegen, während ich mich wusch und anzog und mein Biggles-Buch versteckte, aber das nur deshalb, weil ich das Gefühl hatte, meine Verletzlichkeit mit etwas Würde umkleiden zu müssen. Hätte ich meine Gefühle in ihrer rohen, unverschleierten Form herausgelassen, so hätte es vielleicht damit geendet, dass ich mich auf dem Boden gewälzt und mir die Augen ausgeheult hätte. Niemand hatte mich je so gesehen, und Violet würde nicht die Erste sein. Dennoch wollte ich, dass sie wusste, dass ich mich wirklich schlecht fühlte. Ich steckte eine Scheibe Brot in den Toaster.

»Ich wollte nicht einfach nur eine clevere Bemerkung machen, Violet, ich war wirklich unglücklich gestern Abend, weißt du.«

Violet lehnte sich zurück und fuhr sich mit beiden Händen durchs Haar, bevor sie antwortete.

»Dan ist ein vollkommen normaler Teenager, Paul. Gestern Abend hat er uns spüren lassen, dass er gerade ein paar vollkommen normale Probleme durchmacht, die vollkommen normale Fünfzehnjährige nun einmal durchmachen. Es ist nichts Tragisches dabei, wenn er manchmal ein bisschen bedrückt ist. Er wächst heran und verändert sich; das ist alles.«

»Das weiß ich, aber …«

»Wovon du in Wirklichkeit redest, das bist du selbst. Du kannst nicht akzeptieren, dass deine Beziehung zu ihm sich ebenfalls verändert. Du kannst nicht mehr alle Probleme für ihn lösen, und ich kann es auch nicht. Warum sollten wir auch erwarten, das zu können? Du willst doch nicht, dass er sein Leben lang in einer Art vorpubertärer Abhängigkeit bleibt, oder? Oder vielleicht willst du das. Ich will es jedenfalls nicht!«

»Natürlich will ich nicht …«

»Im Übrigen braucht Dan dich und mich im Grunde jetzt noch mehr als vorher. Er ist unsicher, wer er ist und wohin er unterwegs ist. Was er braucht, ist, dass wir als Stütze im Hintergrund für ihn da sind, nicht, dass wir uns selbst bemitleiden, weil er es nicht mehr schafft, uns so glücklich zu machen wie früher. Tut mir leid, dass ich dich nicht in Ruhe unglücklich sein lasse, aber ich glaube, du musst dich um Dans willen der Wirklichkeit stellen.«

Violet wäre erstaunt gewesen, wenn sie gewusst hätte, wie nahe ich in diesem Moment daran war, emotional zusammenzubrechen, wie nahe sie daran war, all die Gefühle der Verlassenheit und des Verlustes zu hören zu bekommen, die mir den Frieden raubten, seit Dan sich entschlossen hatte, seine Reise ohne meine enge, vertraute Begleitung fortzusetzen, und wie ohnmächtig wütend ich darüber war, dass die Schlacht zwischen Erwachsenem und Kind, die in mir tobte, meinem Sohn den Vater raubte, den er im Moment so sehr brauchte.

»Wie auch immer«, sagte Violet, »ich muss zur Arbeit. Dein Toast ist fertig. Bis später.«

»Und mit wem?«, fragte ich niemanden Besonderes, als sich die Haustür hinter meiner Frau schloss, »rede ich jetzt darüber, dass ich mich elender fühle als je zuvor in meinem Leben?«

Da ich in meiner eigenen Unfähigkeit, mich mitzuteilen, gefangen war, erschien es mir unmöglich, dass eine solche Frage sich jemals zufriedenstellend beantworten lassen würde.

3

Während des restlichen Tages brachte ich nichts zu Papier, obwohl die Schuldgefühle mich an meinem Posten hielten, bis die Uhr so weit vorgerückt war, dass ein anständiger Arbeiter guten Gewissens die Werkzeuge sinken lassen konnte.

Leuten, die nie vom Schreiben gelebt haben, fällt es sehr schwer, das dringendste tägliche Problem aller Schreiberlinge zu verstehen. Die schlichte, grauenhafte Tatsache ist, dass man am Morgen eines jeden Arbeitstags aufs Neue ein Universum erschaffen muss, das einen so sehr ablenkt, fesselt oder anderweitig mit Beschlag belegt, dass man all die Gedanken des realen Alltags vergisst, die sich einem ins Bewusstsein drängen wollen. Dieses »Universum« existiert einfach nicht, solange man es nicht selbst aus Ideen und Erfindungen konstruiert, die nur im eigenen Kopf zu finden sind und leider nicht in irgendeinem Laden an der High Street.

Als ich am Fenster meines Arbeitszimmers saß

und ein schwach liniiertes A4-Blatt mit schmalem Rand vom Schreibtisch her leer zu mir emporstarrte, dachte ich nur an Dan und an die Kluft, die sich so plötzlich zwischen uns aufgetan zu haben schien. Ich fantasierte mir ein Gespräch nach dem anderen zwischen ihm und mir zusammen, in deren Verlauf alles geheilt und geregelt und in einen süßen, sonnigen Zustand zurückversetzt wurde, wie es bisher gewesen war. Ein Schmerz durchzuckte mich jedes Mal, wenn einer der imaginären Dialoge endete und die falsche Erleichterung, die er gebracht hatte, verebbte und sich die magenverdrehende Wahrheit offenbarte, die mir den Frieden raubte.

Mir blieb ein Trost. Es war ein Buch, das mir vor Kurzem als eine Art Freundschaftszeichen von meinem besten Freund Greg Parker überreicht worden war, einem Busfahrer wider Willen, der ebenso ich wie ich an fortgeschrittener Kricketmanie litt. *Das große Kricket-Buch* von Plum Warner war eine seltene Beute, die Greg im örtlichen Antiquariat ausgegraben hatte. Vor mehr als sechzig Jahren erschienen und angefüllt mit einer reichhaltigen Mischung aus Fakten, Meinungen und Fotografien, war dieser angenehm dicke und verblasste Band eine fast ebenso wirkungsvolle Ablenkung wie Biggles, und er stellte ein heroisches Opfer meines Freundes dar. Greg schätzte und studierte unsere Beziehung, wie es ein Geizkragen mit seinem Gold tut, und von Zeit zu Zeit feierte er sie gern mit einer solchen Geste wie dieser, die mir letzte Woche die Eignerschaft dieses Schatzes beschert hatte. Er hatte es am Freitag zu unseren üblichen Treffen in der Kneipe mitgebracht, eingewickelt in sehr sorgfältig ausgewähltes Papier, und mir zwischen dem ersten und dem zweiten Glas überreicht, wobei er nur sagte: »Ich dachte mir, dass das dir bestimmt gefällt.« Auf die Innenseite des Buchdeckels hatte er geschrieben:

Für Paul, ein Geschenk von Deinem Freund Greg. Auf dass wir einander weiterhin die Wahrheit sagen.

Wenn ich ab und zu einen oder zwei Absätze aus Warners Buch las und die malerisch posierenden Gestalten auf den altmodischen Fotos betrachtete, brachte mir das ein wenig Erleichterung von meinen Gefühlen, aber ich kehrte immer wieder zu der Inschrift auf der Titelseite zurück.

Ein zentraler Punkt in der Freundschaft zwischen Greg und mir war die beiderseits akzeptierte und häufig zum Ausdruck gebrachte Tatsache, dass wir einander immer die Wahrheit sagten. Nichts war so finster, beschämend oder belastend, dass wir es voreinander zurückhielten, denn wir waren bereit, die Probleme des anderen zu unseren eigenen zu machen. Ebenso wurde jede Freude und jedes Glück, das einem von uns widerfuhr, unweigerlich von dem anderen geteilt und gefeiert, meistens im »King's Head«, unserem regelmäßigen Treffpunkt an den Freitagabenden.

Vielleicht, weil ich an diesem Nachmittag ungewöhnlich empfindsam war, wurde mir etwas bewusst, das ich zwar gewusst, aber bisher noch nie hatte zugeben können, nämlich, dass diese sogenannte »Tatsache« bezüglich unserer Freundschaft überhaupt keine Tatsache war – jedenfalls nicht, soweit es mich betraf. Ich hatte keinen Zweifel, dass Greg sich mir gegenüber schonungslos verletzlich und offen zeigte. Durch die ganze lange Phase hindurch zum Beispiel, als seine lächerliche Ehe allmählich zerbröckelte, hatte er mir von persönlichen Problemen und Einsichten in sein eigenes Verhalten erzählt, wie ich sie nur unter größten Schwierigkeiten überhaupt gegenüber irgendjemandem hätte erwähnen können. Viele unserer Freitagabende bestanden immer noch fast ausschließlich darin, dass Greg mir Aspekte seines Lebens und seiner Persönlichkeit, die ihm während der vergangenen Woche zu schaffen gemacht hatten, schilderte, sie analysierte und meinen Zuspruch dazu suchte. Von mir wurde eigentlich nichts anderes erwartet, als dass ich gelegentlich nickte, hin und wieder einen ermutigenden Laut von mir gab, eine Runde ausgab, wenn ich an der Reihe war, und zu erkennen gab, und sei es noch so vage, dass wir uns sehr ähnlich seien und ich deshalb nicht umhinkönne, genau zu verstehen, wie er sich fühlte.

Irgendwie hatte ich es geschafft zu vermeiden, irgendetwas Wichtiges von mir selbst gegenüber Greg preiszugeben; und dennoch, wenn Sie ihn gefragt hätten, wie gut er Paul Williams kenne, so hätte er heiter gelächelt und gesagt, er wisse alles, was es über mich zu wissen gebe. Gregs Ehe war von der Art gewesen, die wie eine soziale Handgranate frühere Freunde in alle Richtungen davonschleudert, und nachdem sie nach fünf Jahren gescheitert war, war er einsam, verloren und all seines Selbstbewusstseins beraubt, zurückgeblieben. Ich wusste also, wie wichtig ich für ihn war, und hatte meine eigenen Gründe, das Bedürfnis, das er nach mir hatte, zu schätzen.

Als ich dort an meinem Schreibtisch saß und das Zeichen der Freundschaft in den Händen hielt, das er mir gegeben hatte, erkannte ich zum ersten Mal, wie sehr Gregs Abhängigkeit zu einem Teil meiner eigenen Sicherheit geworden war. Ich genoss dieses Gefühl, freute mich geradezu darauf, mich an den Freitagabenden in meinem Kopf zu verstecken und insgeheim seinen irrigen Glauben zu nähren, wir stünden uns wirklich nahe. Es war anheimelnd und veränderlich. Es gab mir das Gefühl, groß und tief und gelassen und weise zu sein. Ich empfand Mitleid mit ihm und klopfte mir selbst anerkennend auf die Schulter dafür, dass ich eine so traurige Figur erduldete. Plötzlich ging mir auf, dass ich sogar die gelegentlich aufflackernde Verärgerung genoss, die ich an jenen Abenden empfand, wenn er geschlagene anderthalb Stunden von sich selbst gesprochen hatte, ohne es je für nötig zu halten, mich zu fragen, wie es mir ging oder was sich bei mir so tat. Nicht, dass ich ihm viel erzählt hätte, wenn er mich gefragt hätte. Ich hätte irgendeinen allgemeinen ziemlich humorigen Spruch über die Probleme abgelassen, die es mit sich bringt, ein menschliches Wesen zu sein, und ihm dann wieder eine Frage zugespielt, die sorgfältig darauf abzielte, einen neuen Monolog über strikt Greg-bezogene Themen auszulösen. Es war leicht, ihn zu manipulieren.

Violets Einstellung zu meiner Freundschaft mit Greg war ergeben, aber leicht verächtlich. Sie meinte, ich würde ihn benutzen, um mich vor echtem Kontakt zu Menschen zu drücken, und ich sollte andere Leute einladen, sich an den Freitagabenden zu uns zu gesellen, damit wir beide nicht mit den sinnlosen Spielchen davonkommen könnten, die wir miteinander spielten. Sie hatte wahrscheinlich recht, aber sie wusste im Grunde nicht, welche katastrophalen Folgen eine derartige Revolution wahrscheinlich haben würde.

Heute Abend wollte ich keine Revolutionen. Ich wollte das Übliche. Ich wollte mit meinem Leid wegen Dan hinunter ins »King's Head« und es an mich drücken, während ich mir die Liste der Probleme anhörte, die Greg vermutlich vortragen würde. Ich war sogar geradezu begierig darauf. Zwei Gläser Bier haben eine Wirkung an sich, die das Elend veredelt und die scharfen Emotionen mildert, die in völlig nüchternem Zustand so unerträglich sind. Ja, das war es, was ich tun würde – traurig dahingleiten auf einem unterirdischen Fluss der Melancholie und tapfer den Schmerz zurückhalten, den mein bedürftiger Freund nicht würde ertragen können, wenn ich ihn vor ihm zeigte.

Meinem Verschwinden in die Kneipe jeden Freitag ging meistens ein unangenehmes Säbelrasseln mit Violet voraus. Wenn ich während des Tages gut und produktiv gearbeitet hatte, brachte ich meine beiläufige Ankündigung, ich ginge jetzt »ab in die Kneipe«, ziemlich sicher heraus, doch wenn ich, wie es an diesem Tag der Fall war, überhaupt nichts zustande gebracht hatte, dann hatte mein sorgloser Ruf einen hohlen Beiklang. Leider hatte Violet ein sehr scharfes Ohr.

»Du bist also der Meinung, dass du heute den Preis eines ganzen Glases Bier verdient hast, ja, Paul?«

Das waren ihre Worte – Violet hatte immer einen neuen Spruch auf Lager; sie hätte selbst Schriftstellerin werden sollen – und wie üblich traf sie mich voll in die Magengrube. Ich lachte, aber das Lachen kam mir aus der hintersten Kehle, gequetscht und unglaubhaft. Dann empfand ich Verwirrung. Zorn kochte in mir hoch, aber hatte ich das Recht, zornig zu sein? Ich war verletzt, aber war echte Verletzung eine Rechtfertigung dafür, einen ganzen Tag lang überhaupt nicht zu arbeiten, nur weil ich ein schlaffer Schriftsteller war? Wäre ich Straßenarbeiter gewesen, dann wäre ich einfach hingegangen und hätte meine Arbeit gemacht, oder? Andererseits, warum sollte ich nicht einmal in der Woche mit einem Freund einen trinken gehen – ich meine, warum denn nicht?

»Es war kein schlechter Tag«, log ich und fügte wahrheitsgemäß hinzu: »Ich muss heute Abend mal raus.«

Aber sie machte keine Anstalten, die magischen Worte der Genehmigung zu sprechen: »Na, dann ab mit dir. Viel Spaß. Trink nicht zu viel …« Ich musste mit schweren Schritten aufbrechen, den sauren Geschmack der Missbilligung im Mund, aber das hielt nur für ein paar hundert Meter an. Danach begann ich zu spüren, wie die innere Wirkung jenes ersten Glases meine Schritte leichter werden ließ und mich vorwärtszog. Bald würde ich gegenüber von Greg an dem Ecktisch sitzen, den wir uns mehr oder weniger zum Stammtisch gemacht hatten. Dort würde ich mein privates Chaos an mich drücken können, und er würde seines vor mir ausbreiten. Ich fing beinahe an zu hüpfen, als nach der nächsten Biegung die farbigen Lichter der Kneipe in Sicht kamen.

4

Nichts hätte mich auf den doppelten Schock vorbereiten können, den ich erlebte, als ich endlich das »King's Head« betrat und erwartungsvoll in die Richtung unseres gewohnten Tisches spähte. Sicher, Greg war da, aber er war nicht allein – das war der erste Teil des Schocks. Er war in ein ernstes Gespräch mit einem Mann vertieft, den ich noch nie zuvor gesehen hatte. Der zweite Teil kam, als er mich plötzlich entdeckte und quer durch den Raum auf mich zueilte, mit leuchtendem Gesicht, als ob die verstaubte alte Vierzig-Watt-Birne ersetzt worden wäre, meinen Arm packte und mir etwas ins Ohr flüsterte.

»Paul, es ist etwas Fantastisches passiert!«, hauchte mir mein armer, unglücklicher, abhängiger Freund ins Ohr. »Du musst unbedingt kommen und Steve kennen lernen und dir anhören, was er mir gesagt hat. Paul – es ist einfach toll –, ich bin Christ geworden!«

Haben Sie je das Gefühl erlebt, dass eine lebenswichtige Stützmauer in Ihrem Leben plötzlich zusammenbrach? So fühlte ich mich, als ich Greg zurück zum Ecktisch im Salon des »King's Head« folgte. Was für ein Verrat an unserer Beziehung, wenn er tatsächlich einen Schritt in irgendeine Verpflichtung oder einen Glauben getan hatte, ohne mich je um Rat gefragt zu haben und ohne daran zu denken, wie sich das auf unsere Freundschaft auswirken konnte. Und was in Gottes Namen sollte dieses Getue mit »Du musst unbedingt kommen und Steve kennen lernen«? Falls der elende Kerl, der sich jetzt erhob und mir seine Hand entgegenstreckte, tatsächlich für Gregs neueste Verirrung verantwortlich war, dann war er der Letzte, den ich kennen lernen wollte. Wie konnte mein so genannter Freund ihn nur hier zu *unserem* Treffpunkt bringen, ohne mich wenigstens vorzuwarnen? Alles in mir verkrampfte und spannte sich, als ich die Hand ergriff, die mir entgegengehalten wurde. Ich packte sie fester, als nötig war, um zu zeigen, wer hier der Boss war. Er sprach als Erster.

»Hi, ich heiße Steve – ich bin ein Kollege von Greg. Er hat mir erzählt, dass Sie beide sich das hier zur Gewohnheit gemacht haben.«

Steve war ein ziemlich normal aussehender Bursche, recht groß, dunkelhaarig, lässig gekleidet und mit einem angenehmen, faltigen Lächeln, obwohl es mich im Moment nicht interessierte, ob sein Lächeln angenehm oder sonst was war. Ich beschloss, seine Bemerkung als kritisch aufzufassen.

»Eine schlechte Gewohnheit, meinen Sie?«

»Keineswegs.« Steves Lächeln war ungetrübt. »Eine ausgesprochen gute Gewohnheit, wenn Sie mich fragen. Könnte ich mir auch selbst angewöhnen. Setzen Sie sich doch zu uns. Darf ich Ihnen etwas zu trinken besorgen?«

Ich brodelte vor lautloser Wut wie ein verschlossener Kessel. Wie konnte dieser Mann es wagen, mich einzuladen, mich an einem Ort an einen Tisch zu setzen, der viel mehr mir gehörte als ihm? Ich setzte einen Gesichtsausdruck auf, von dem ich hoffte, dass er nach gelassener, stählerner Unabhängigkeit aussah – und setzte mich. Ja, er durfte mir etwas zu trinken besorgen.

»Okay, ich nehme ein Pint ›Directors‹ und dazu einen großen Scotch ohne alles.«

Zuckte mit keiner Wimper, der verdammte Kerl. »Ein Directors und einen großen Scotch ohne alles – okay. Wie ist es mit dir, Greg? Noch ein Alster?«

»Alster!« Ich traute meinen Ohren nicht und gab ein übertriebenes raues Lachen von mir. »Du trinkst Alster? Bitte sag mir, dass ich träume!«

Greg wurde puterrot.

Steve ließ sich nicht aus der Fassung bringen.

»Was trinkst du sonst, Greg? Ich trinke nur Alster, weil ich es mag. Nimm du, was du möchtest.«

»Er trinkt Directors, genau wie ich«, sagte ich sarkastisch, »zumindest tat er das letzten Freitag noch. Ich weiß nicht genau, was sich seitdem getan hat.«

»Ein Pint Directors, Greg?«

Greg nickte, das Gesicht immer noch flammend rot, während sich Steve auf den Weg zur dicht belagerten Theke machte.

Ein paar Augenblicke lang sagte keiner von uns etwas; dann beugte Greg sich über der Neige seines christlichen Alsterwassers vor und sprach mich in beschwörendem Ton an.

»Paul, ich weiß, du bist sauer, weil noch jemand hier ist und so, aber es hat sich alles verändert, und ...«

Es stank mir, dass er richtig einschätzte, wie ich mich fühlte. Ich unterbrach ihn, so grob ich konnte.

»Greg, sag mir nur, was passiert ist, und bitte, bitte, versprich mir, dass du diesen nicht mit hierhergebracht hast, damit er mich bekehrt, denn wenn dem so ist, gehe ich auf der Stelle nach Hause, wenn nicht noch eher.«

Die Begeisterung, die das Gesicht meines Freundes leuchten ließ, seit ich ihn vor einer Minute erblickt hatte, war weitaus stärker als seine Verlegenheit wegen der Getränke. Ich konnte mich nicht erinnern, schon einmal eine solche Lebendigkeit in seinem Gesicht gesehen oder in seiner Stimme gehört zu haben.

»Ich habe Jesus in mein Leben eingeladen, Paul! Ich bin wiedergeboren worden!«

So laut posaunte Greg diese erschreckende Neuigkeit heraus, dass es in der ganzen Kneipe für eine oder zwei Sekunden still wurde. Dann lachten ein paar Leute, und der Geräuschpegel schwenkte sich wieder auf normal ein. Ich wäre am liebsten gestorben.

»Deswegen musst du dir doch nicht gleich die Lunge aus dem Leib schreien, oder?«, zischte ich. »Jetzt weiß die ganze verdammte Kneipe darüber Bescheid!«

»Ja, aber ist das nicht großartig?«, zischte Greg in einem grauenhaft durchdringenden Flüsterton zurück und sah dabei aus wie ein Kind, das gerade seinen größten Weihnachtswunsch erfüllt bekommen hat. »Ich habe mich noch nie so wohlgefühlt – Jesus hat mich gerettet!«

»Nein, es ist nicht großartig«, sagte ich mit kalter, absichtlicher Grausamkeit, »es ist traurig – zum Erbarmen. Du hast dich von irgend so einem bibelschwingenden Spinner verrückt machen lassen mit etwas, das es überhaupt nicht gibt, und jetzt willst du, dass ich mir auch das Gehirn waschen lasse, damit ich auch so bescheuert werde wie du. Du warst genauso, als sie dir vor ein paar Jahren dieses Schneeball-Verkaufssystem aufgeschwätzt haben – damals dauerte das Ganze ungefähr zehn Tage, soweit ich mich erinnere. Das war damals *die* Antwort, weißt du noch? All deine finanziellen Probleme würden sich innerhalb eines Monats in Wohlgefallen auflösen. Damals war es genauso offensichtlich wie jetzt, dass du verkohlt worden warst. Machen wir uns nichts vor – du bist leichte Beute für diese Traumverkäufer, Greg. Die müssen denken, sie hätten Geburtstag, wenn sie dich kommen sehen.«

Gregs Gesicht verdüsterte sich. Gut. Er war immer noch in meiner Reichweite. Er sah mich an wie ein Welpe, der gerade seinen ersten Klaps bekommen hat.

»Damals hast du aber doch gesagt, du fändest die Idee gut«, sagte er. »Hast du das etwa nicht ernst gemeint?«

»Natürlich habe ich es nicht ernst gemeint«, fuhr ich ihn an und hasste mich selbst dabei. »Manchmal muss man die Leute eben selbst herausfinden lassen, dass sie auf dem Holzweg sind. Du hättest doch nicht auf mich gehört, wenn ich dir gesagt hätte, was ich wirklich dachte. Das tun die Leute nie.«

Greg sah mich mit schief gelegtem Kopf an und sagte eine Weile nichts. Der Ausdruck langsam aufdämmernden Begreifens auf seinem Gesicht weckte in mir den Wunsch, all meine Worte zurück in meinen Mund zu stopfen und so zu tun, als hätte ich sie nie gesagt. Doch manchmal, wenn man einen neuen Weg einschlägt, zum Guten oder Schlechten, kann man fast hören, wie die Tore hinter einem zugeschlagen und verriegelt werden. Vielleicht würden von nun an alle Straßen neu sein.

Die Glühbirne in Greg schaltete sich plötzlich wieder ein, als er sich an seinen neuen Glauben erinnerte. Ich empfand nichts als schlichte, leuchtend grüne Eifersucht.

»Paul, glaub mir – das hier ist wirklich etwas anderes.« Greg ballte und löste seine Fäuste vor Frustration über seine Unfähigkeit, mir die Leidenschaft begreiflich zu machen, die er empfand. »Als Jesus …«

Ich hielt es nicht mehr aus. Mit zusammengebissenen Zähnen sagte ich: »Greg, hör auf mit diesem Wort! Ich muss vollkommen ehrlich mit dir sein – mir wird einfach körperlich schlecht davon. Ich weiß nicht, warum, es ist einfach so. Es ist so – ekelhaft! Und du hörst dich so blöde an, wenn du es aussprichst.«

Steve tauchte mit einem Tablett wieder auf. »Ein Pint und ein Scotch für Sie, Paul – eins für dich, Greg. Und ein paar Chips. Tut mir leid, dass es ein bisschen gedauert hat. Prost!«

Mein erster Schluck von dem Bier tat *soooooo* gut. Er glitt mir die Kehle hinunter wie ein Hase auf der Flucht vor dem Hund. Ich unterdrückte ein Seufzen und entspannte mich ein wenig. Greg saß da und starrte nachdenklich blinzelnd in sein Bier. Ein paar Augenblicke lang sagte niemand etwas.

»Warum so schweigsam?«, fragte Steve endlich und setzte sein Glas vorsichtig auf der Matte auf der polierten Tischfläche ab und rückte etwas näher.

Greg blickte so plötzlich auf, als wäre er gerade zu Bewusstsein gekommen. »Ich habe nur darüber nachgedacht«, sagte er, »wie unterschiedlich die Leute doch sein können. Paul hat gerade, als du an der Theke warst, gesagt, dass ihm regelrecht schlecht wird, wenn er das Wort Jesus nur hört, und ich könnte seit Dienstagabend jedes Mal vor Glück heulen, wenn ich es jemanden sagen höre. Ist das nicht seltsam?«

Steve sah mich mit einem Ausdruck an, der nichts als gelassenes Interesse enthielt. »So empfinden Sie das?«

Ich war nicht gerade erbaut davon, dass Greg meine Worte wiederholt hatte. Manchmal sagt man, um Freunde aufzurütteln, Dinge, die viel zu übertrieben sind, um sie an jemanden anderes weiterzugeben. Peinlich. Aber wer A sagt, muss auch B sagen. Ich würde diesem aalglatten religiösen Fanatiker schon zeigen, dass ich nicht so leicht einzuwickeln war wie Greg. Ich leerte mein Bierglas mit einem langen Zug und schüttete ein gutes Drittel von dem Whisky hinterher.

»Ich werde Ihre Frage beantworten, sobald ich mir noch ein Bier geholt habe«, sagte ich und stand mit meinem leeren Glas in der Hand auf. »Wie ist es mit euch beiden? Fertig für die nächste Runde?« Ich mischte einen kindischen, leisen Anflug von Verachtung in meinen Tonfall, als ich einen Blick auf Steves halb volles Glas und Gregs Directors warf, das unglaublicherweise noch nicht einmal angerührt war.

»Ich bin versorgt, danke«, lächelte Steve, »aber holen Sie sich doch ruhig noch eins.«

»Oh, das werde ich«, murmelte ich tonlos vor mich hin, während ich mir einen Weg zur Theke bahnte, »ich werde mir ein Bier holen, ob Sie es mir erlauben oder nicht, recht herzlichen Dank.«

Während ich an der Theke wartete, versuchte ich die Nervosität zu analysieren, die mich beschlichen hatte. Dieser Steve hatte etwas bedrohlich Unerschütterliches an sich. Ich wusste, wie angeschlagen und deprimiert ich innerlich wegen der ganzen Sache mit Dan war, und ich wollte mich durch das Gespräch, das jetzt bevorstand, nicht irgendwie aufbrechen lassen. Ich musste einfach vorsichtig sein.

Als ich endlich bedient wurde, genehmigte ich mir

einen heimlichen Extra-Whisky fürs Selbstvertrauen, bevor ich mit meinem frischen Bier zum Tisch zurückkehrte. Zu meinem Ärger hatten Steve und Greg die Köpfe zusammengesteckt und unterhielten sich leise, als ich zurückkam. Sie hörten auf zu reden, als ich mich setzte, und Steve wandte sich mit demselben unerschütterlichen Lächeln an mich.

»Also«, sagte er, »Sie wollten gerade sagen – über Jesus.«

Ich trank die anderen zwei Drittel des Whiskys, der vor mir stand, bevor ich antwortete.

»Ich wollte gerade sagen, dass mir beim Namen der Person, der Sie nachzufolgen behaupten, körperlich schlecht wird.«

Die Worte kletterten mir mit der übertriebenen Klarheit eines beginnenden Schwipses aus dem Mund. Diese ersten drei Getränke hatte ich viel zu schnell hinuntergeschüttet. Trotzdem hatte ich mich noch einigermaßen unter Kontrolle und fing an, mir ziemlich clever vorzukommen. Nur gut, dass Violet nicht hier war. Greg sah seinen neuen Freund erwartungsvoll an, vertrauensvoll überzeugt, dass er meinen weltlichen Schleuderwurf mit einer Art geistlichem, schnurgeradem Hochball abwehren würde. Doch Steve nickte nur mit bedächtigem Interesse, lehnte sich zurück und überlegte einen Moment, bevor er etwas sagte.

»Mmm, ich schätze, mit dieser Meinung stehen Sie nicht allein da.«

Mistkerl! Ich wollte mit dieser Meinung aber allein dastehen, nicht nur einer von vielen langweiligen Berechenbaren sein, die über alles die gleiche Meinung hatten. Trotzdem, wenn er mich unbedingt in irgendeine atheistische Schublade stecken musste, um sich sicher zu fühlen, dann würde ich meine »Gruppe« mit so viel Nachdruck repräsentieren wie möglich. Ich nahm noch einen Mundvoll von meinem Bier und fuhr mir mit der Zunge über die Lippen.

»Überrascht Sie das etwa?«, fragte ich in einem Ton, der wie ich hoffte, als gleichgültige Skepsis herüberkam. »Ich wüsste nicht, warum es das sollte. Soweit ich es sehe, ist die Kirche ein Ort, wo Leute, die schon fast tot sind, jeden Sonntag hingehen, um eine Stunde lang zu üben, ganz tot zu sein. Kein Wunder, dass den Leuten schlecht wird, wenn sie den Namen des Kerls hören, der das alles in Gang gebracht hat. Eine erbärmliche Geschichte, finden Sie nicht?«

Ich war sehr zufrieden mit dieser kleinen Ansprache. Das mit den fast toten Leuten war wirklich gut. Ich warf einen Blick zu Greg hinüber, um zu sehen, ob er beeindruckt war, doch er machte ein Gesicht wie ein sterbender Frosch und starrte Steve an, als wäre er enttäuscht, dass Steves Hochball vom Werfer mit solcher Leichtigkeit abgefangen worden war. Exzellent! Mit einem bisschen Glück würde sich die ganze Situation binnen Kurzem wieder normalisieren lassen.

»Ich muss Ihnen zu einem großen Teil Recht geben«, sagte Steve. »Es gibt etliche Kirchen, in denen es wirklich so zugeht, aber keinesfalls alle, und ich glaube eigentlich nicht, dass das erklärt, warum manche Leute so stark – beinahe gewaltsam – auf Jesus selbst reagieren. Ich meine, Sie haben davon gesprochen, dass Ihnen geradezu körperlich schlecht wird, nicht wahr? Das ist eine ziemlich extreme Reaktion, finden Sie nicht? Was, glauben Sie, sind die wirklichen Gründe, warum Sie so stark allergisch gegen Jesus sind?«

Ich machte den Mund auf, als könnte ich es nicht erwarten zu antworten, aber in Wirklichkeit kam es mir sehr recht, als Greg sich einschaltete, bevor ich dazu kam, etwas zu sagen. Ich wollte es nicht so aussehen lassen, als wäre ich um eine Antwort verlegen, aber in Wahrheit hatte ich keine Ahnung, was ich jetzt sagen würde.

»Trink aus, Paul, ich hole dir noch eins. Steve? Nein? Dasselbe noch mal, Paul? Gut …«

Gregs anfängliche Begeisterung verebbte allmählich. Ich hatte den deutlichen Eindruck, dass er versuchte, unser Gespräch zu behindern oder zumindest von dem Versuch abzulenken, den es nahm. Vielleicht, dachte ich, macht er sich Sorgen, dass sein neuer Held und infolgedessen sein neuer Glaube unter dem Ansturm zusammenbrechen könnte, den ich darauf loszulassen im Begriff war. Als Greg im Gedränge an der Theke verschwand, machte Steve eine herausfordernde Handbewegung.

»Weiter, Paul. Sie wollten gerade sagen …«

»Ich warte auf Greg«, sagte ich mit einem Unterton, der andeutete, Steve versuche unauffällig zu mogeln.

Wieder senkte sich Schweigen herab. Ich wusste nicht, woran er dachte, aber ich versuchte inzwischen, mein Gehirn so weit in Schuss zu bringen, dass ich ihm eine Antwort auf die Frage entlocken konnte, dir mir gerade gestellt worden war. Es war nett, zwei frische Drinks vor mir stehen zu haben, als Greg zurückkam. Nach diesen beiden würde ich höchstwahrscheinlich ziemlich albern werden, aber noch hatte ich genug Kontrolle über mich, um eine längere Rede zu halten. Ich nippte vorsichtig an dem bis über den Rand gefüllten Pintglas und wischte mir mit dem Knöchel des Zeigefingers den Schaum von der Oberlippe.

»Steve ist auch ganz versessen auf Kricket, wie wir«, sage Greg ein wenig kläglich. Er muss sehr gut gewusst haben, dass wir jetzt nicht in eine freundschaftliche Debatte über die Trefferquoten der letzten Saison verfallen würden.

»Warte einen Augenblick, Greg. Steve hat mir eine Frage gestellt. Es gehört sich nicht, Fragen nicht zu beantworten. Warum reagiere ich so allergisch auf Jesus? – Das war es doch, nicht wahr? Na schön – fangen wir an.« Ich zählte die einzelnen Punkte an meinen Fingern ab. »Erstens war er ein Versager. Mit dreiunddreißig an ein Stück Holz genagelt zu werden, das kann man wohl kaum als Erfolg verbuchen, oder? Besonders, wenn man behauptet, Gott zu sein und über Wunderkräfte zu verfügen. Zweitens hat es nicht funktioniert, oder? Es hat zu mehr Kriegen und Problemen und Folterungen und Mord geführt als so ziemlich jede andere Bewegung in der Geschichte. Drittens, wie ich schon sagte, scheinen sich die Leute, die sich Christen nennen, darauf spezialisiert zu haben, Langweiler oder Heuchler zu sein, oder beides. Und viertens …« Ich spürte, wie sich die Muskeln in meinen Händen und meinem Gesicht zusammenzogen, während ich nach Worten suchte, um das einzige wirkliche Problem auf meiner Liste auszudrücken. »Ich weiß nicht – irgendwie kommt mir das alles so schönfärberisch und unsäglich schauderhaft vor, dieser Superheilige, der in einem Kaftan herumschwebt wie irgend so ein Hippie und allen erzählt, das Leben sei nicht wichtig, und wir müssten alle nett zu Leuten sein, die wir nicht leiden können. Das kommt mir alles so schwächlich und rückgratlos und unnütz vor. Darum verachten ihn die meisten Leute, nehme ich an. Jedenfalls verachte ich ihn darum. Er war nichts als ein erbärmlicher Trottel. Beantwortet das Ihre Frage?«

Wieder senkte sich Schweigen herab. Steve schien in sein Glas hinabzuspähen, so dass ich sein Gesicht nicht sehen konnte. Greg saß kerzengerade da, die Fingerspitzen auf die Tischkante gelegt, und starrte mich ungläubig an, als wäre ich ein vollkommen Fremder für ihn. Als Steve endlich aufblickte, suchte ich in seinem Gesicht nach einer Reaktion. Lange brauchte ich nicht zu suchen.

Dahin war seine Unerschütterlichkeit. Seine Augen waren feucht vor Tränen. Was in aller Welt war los? Ich fühlte mich wie ein Kind, das mit einem schmutzigen Wort herumexperimentiert hat, ohne zu wissen, was es eigentlich bedeutet. Vielleicht war ich ein wenig zu grob gewesen. Andererseits, sagte ich mir, hatte ich ja mit alledem nicht angefangen. Alles, was ich getan hatte, war, herzukommen, um mit meinem besten Freund einen zu trinken. Und dann hatte ich plötzlich dieser Alsterwasser trinkenden Mini-Ausgabe von Billy Graham gegenübergesessen. Nein, es gab keinen Grund, warum ich mich hätte schuldig fühlen müssen.

»Nun, Sie haben mich danach gefragt«, sagte ich, »also habe ich es Ihnen gesagt. Da Sie ja Christ sind, wollen Sie doch sicher nicht, dass ich Ihnen etwas anderes als die Wahrheit sage, oder?«

Steve schüttelte langsam den Kopf. »Nein, Sie haben vollkommen Recht, Paul«, erwiderte er leise. »Mir ist es viel lieber, wenn Sie sagen, was Sie wirklich denken.« Er hielt einen Moment inne. »Würde es … würde es Ihnen etwas ausmachen, wenn ich Ihnen sage, warum ich ein wenig aus der Fassung geraten bin?«

Unklugerweise schüttete ich meinen ganzen dritten Whisky in einem Zug herunter. Von jetzt an würde ich im Dunkeln Schlitten fahren. Ich zuckte mit demonstrativer Gleichgültigkeit die Schultern, der Letzte der großen Demokraten.

»Nur fair.« Ein bisschen schwerzüngig. »Ich bin zu Mord – zu Wort gekommen, jetzt sind Sie an der Reihe.«

Ich sah Greg an. Er war ein Häufchen Elend und kauerte unglücklich über seinem Glas. Einen flüchtigen Moment lang dachte ich schon, *ich* würde in Tränen ausbrechen. Zu viel Alkohol, dachte ich, das war alles.

»Ich bin aus der Fassung geraten, Paul, weil … nun, weil das, was ich glaube, nicht nur eine Reihe von Gedanken oder eine Lebensweise ist oder dergleichen. Für mich geht es vor allem um Jesus, den Sie für einen rückgratlosen Trottel halten.« Er hob eine Hand, um meinen Einwurf abzuwehren. »Nein, ich beklage mich nicht darüber, dass Sie die Wahrheit gesagt haben. Sie haben nur gesagt, was eine Menge anderer Leute denkt.«

Mistkerl!

»Nein, die Sache ist die, dass … nun, dass ich ihn liebe, wissen Sie. Ich liebe Jesus. Ich glaube nicht nur an ihn oder finde, dass er ein paar gute Sachen gesagt und gute Geschichten erzählt hat und all das. Es geht weit darüber hinaus. Ich liebe ihn wirklich, und als Sie eben sagten, dass er schwach und dumm sei, war mir zum Heulen zumute, weil er hier ist und zuhört und weil er jetzt schon seit zweitausend Jahren die Verachtung der Leute erträgt, für die … für die er so viel getan hat. Er war nicht schwach, Paul. Er war stark und gehorsam, selbst wenn das bedeutete, dass er am Ende sterben musste. Und können Sie sich vorstellen, wie sich sein Vater gefühlt hatte?«

»Gott, meinen Sie?«

»Haben Sie Söhne, Paul?«

Die Wunde in mir ging auf. Ich antwortete mit einem Flüstern.

»Ja, einen Sohn – er heißt Dan.«

»Können Sie sich vorstellen, wie Ihnen das Herz brechen würde, wenn Dan durch etwas, das andere

Leute getan haben, von Ihnen getrennt würde? Wie all Ihre Vaterliebe vor Schmerz und Kummer toben würde, bis er wieder sicher bei Ihnen wäre. Genau das ist nämlich am Kreuz mit Jesus passiert, und es passiert immer wieder aufs Neue, wenn Leute nicht verstehen, was er für Sie getan hat. Darum hat mich das eben so aufgeregt, und ich kann es nicht ändern, weil es mir alles bedeutet.«

Im Laufe dieser Rede war das Licht in Gregs Gesicht wieder aufgeflammt, und jetzt, als Steve zu sprechen aufhörte, wandte er mir voller Hoffnung und Erwartung seinen Blick zu. Ich setzte mein leeres Bierglas ab, wohl wissend, dass ich nur noch genug Nüchternheit und Selbstbeherrschung für einen einzigen einigermaßen zusammenhängenden Akt der Kommunikation übrig hatte. Ich sprach langsam und deutlich.

»Dürfte ich euch bitten, mir einen Gefallen zu tun – alle beide?«

Sie nickten. Greg beugte sich begierig vor.

»Würdet ihr bitte weggehen – jetzt gleich, ohne noch etwas zu sagen, und mich einfach allein lassen?«

Sie saßen da und starrten mich an, eine ganze Weile, wie mir schien, doch dann gingen sie. Ich blieb, bis ich völlig betrunken war. Gegen halb zwölf schaffte ich es irgendwie, eine Münze in den Schlitz der Telefonzelle vor der Kneipe zu bugsieren.

»Violet, kassu kommen umich aufsammeln?«

»Buchstäblich?«

»Bitte.«

»Fang an zu taumeln, ich komme dir auf halbem Weg entgegen.«

5

Ich habe mich schon oft am Boden zerstört gefühlt, aber meistens nicht auf jeder erdenklichen Ebene gleichzeitig. Am Samstagmorgen wachte ich mit einem Kater im Herzen auf, der ebenso schlimm war wie der in meinem Kopf. Körperlich, geistig, emotional und geistlich – was das bedeuten mochte – fühlte ich mich bedeckt und überzogen mit unauslöschbaren Spuren irgendeiner Art von Schande. Ich versuchte sie mir unter der brühheißen Dusche abzuwaschen, aber das weckte mich nur ein wenig auf und machte mir meine Heruntergekommenheit noch bewusster. Der heiße, süße Kaffee belebte mich zu einer noch höheren Ebene unseligen Bewusstseins, und vier Schmerztabletten machten mir den Kopf gerade klar genug, dass ich anfangen konnte, mich wirklich darauf zu konzentrieren, wie miserabel ich mich fühlte.

Violet hatte fast überhaupt nichts gesagt, als sie mich nach der Polizeistunde am vergangenen Abend von der Kneipe abgeholt hatte, doch ihr Mund war wie der des guten alten Biggles, wenn aus dem Nordosten Banditen nahten, zu einer dünnen, grimmigen Linie zusammengepresst gewesen. Ich wusste, dass die Rechnung kommen würde. Nach einer endlosen Nacht in einem Bett, das zur Hälfte von meinem schändlich funktionsgestörten Körper eingenommen war und zur Hälfte von jener schweigsamen Masse der Missbilligung in Gestalt meiner Frau, sah ich dem Wochenende nicht gerade mit Vorfreude entgegen.

Einen kleinen Trost hatte ich. Als ich mich endlich nach unten schleppte, war Violet bereits mit Curly zum Schwimmunterricht gefahren, und Dan war nirgends zu sehen. Ich vermutete, dass er sich schon zu seinem Samstagsjob im Supermarkt aufgemacht hatte. Für eine Stunde oder so hatte ich das Haus für mich allein. Gott sei Dank!

»Nein, danke ihm nicht«, murmelte ich vor mich hin. »Er existiert nicht. Und wenn, dann ist er nicht sehr nett. Er stiftet Ärger unter Freunden.«

Ich machte neuen Kaffee und versuchte mir zurechtzulegen, was ich zu meiner Frau sagen würde.

Als Violet und Curly zurückkamen, saß ich immer noch am Küchentisch. Die gute Curly stürmte durch die Haustür und raste mit unverhohlener Freude durch den Flur auf mich zu, warf mir die Arme um den Hals und gab mir einen Kuss auf die Wange.

»Ich kann schon ganz toll schwimmen, Papa!

Mami sagt, dass ich das Atmen beim Kraulen jetzt genau richtig mache, und hinterher gab's eine Limo und einen Schokoladenkeks, weil ich nicht so lange zum Anziehen gebraucht habe. Was hast du gemacht? Du hättest mitkommen sollen, Papa. Papa hätte mitkommen sollen, stimmt's, Mami?«

Begeisterung und Unschuld beunruhigen und entwaffnen mich.

»Ich wünschte, ich wäre mitgekommen, mein Schatz. Ich sehe dir so gerne beim Schwimmen zu. Vielleicht schaffe ich es nächstes ...«

»Papa sieht ja so müde aus, Mami«, unterbrach mich Curly fürsorglich, legte mir die Hände auf die Schultern und lehnte sich zurück, um meine aufgequollenen Tränensäcke und die allgemeine Schlaffheit meiner Haltung zu studieren. »Stimmt doch, oder, Mami? Der arme Papa sieht ja so müde aus. Warum machst du ihm nicht eine schöne Tasse Tee?«

Ich wich dem sarkastischen Blick meiner Gattin aus.

»Ja«, sagte Violet trocken, während sie den Kessel füllte und den Stecker in die Dose steckte, »der arme Papa sieht wirklich ziemlich müde aus, nicht wahr? Aber vielleicht will er heute morgen gar nichts mehr trinken, weil er gestern abend ziemlich viel getrunken hat, stimmt's, Papa? Vielleicht ist das der Grund, warum du heute so schläfrig bist. Soll ich dir jetzt eine

Tasse machen, oder meinst du, du bist vielleicht zu müde, um sie zu trinken?«

»Äh ja«, antwortete ich, »vielen Dank, Violet. Das wäre sehr nett von dir. Curly, mein Schatz, wie wär's, du nimmst dir etwas zu trinken und einen Keks mit in mein Arbeitszimmer und malst mir ein schönes Bild von deinem Schwimmunterricht? Das fände ich schön.«

Curly riss in gespielter Verwirrung die Augen auf. »Ich kann doch mit etwas zu trinken und einem Keks kein Bild malen, Papa. Dazu braucht man Farben.« Sie lachte glockenhell über ihren eigenen brillanten Witz. »Darf ich deine besonderen Stifte benutzen, nur dieses eine Mal?«

»Ja, aber vergiss nicht, immer die Kappe wieder draufzustecken, wenn du mit einem fertig bist, ja?«

»Na klar.« Da sie spürte, dass ich mir ihre Abwesenheit erkaufen wollte, beschloss Curly, den Preis ein wenig in die Höhe zu treiben. »Darf ich auch dein ganz, ganz besonderes Papier nehmen, wenn ich es nicht verschwende, bitte?«

»Ja«, sagte Violet mit Nachdruck. »Hier ist dein Glas und dein Keks. Und nun ab!«

Curly verzog sich strahlend, wohl wissend, dass unser ungeschriebener Vertrag beinhaltete, dass sie mindestens eine Viertelstunde oder so außerhalb der Küche zu bleiben hatte.

Violet setzte mir einen Tee vor und setzte sich ans andere Ende des Tisches. Ich kniff die Augen zusammen und studierte mit äußerster Konzentration das Blumenmuster auf meinem Becher. Dieses sehr hübsche Stück ungewöhnlich dünnen Porzellans war der einzige Überlebende eines Satzes von vier Bechern, über den wir einige Monate zuvor unverhofft auf einem Flohmarkt im East End gestolpert waren. Wir beide tranken unsere heißen Getränke am liebsten aus diesem besonderen Becher. Der Unterschied zwischen Violet und mir war, dass sie, wenn sie die Getränke zubereitete, immer mir den guten Becher gab, während ich die begehrte Beute immer mir selbst zusprach und ihr den angeschlagenen Manchester-United-Becher überließ, oder aber diesen ärgerlich kleinen, dessen Henkel so eng war, dass man keinen Finger hindurch bekam. Nachdem Violet mich vor einigen Wochen auf diesen Unterschied hingewiesen hatte, war der blumige Gegenstand für mich zu einer Art Symbol meiner eigenen Selbstsucht geworden. Seit jenem Tag hatte ich mir fest vorgenommen, stets meiner Frau den schönen Becher zu geben, aber eigentlich wollte ich das gar nicht – ich wollte nur ein bisschen von meiner Selbstachtung wieder an mich reißen.

Man kann nur eine begrenzte Zeit überzeugend damit verbringen, das Muster auf einem Becher zu studieren, so hübsch es auch sein mag. Es war Zeit für mich, etwas zu sagen.

»Dann werde ich wohl mal lieber einkaufen gehen.«

Dieses brillante rhetorische Manöver war ein erbärmlicher Versuch, Violets Gedanken von dem naheliegenden Thema meines Vollrausches vom Vorabend und von der gegenwärtig über meinem Kopf schwebenden finsteren Wolkenschicht abzulenken.

»Warum hast du dich gestern Abend betrunken?«

Wenn sich ein Streit zusammenbraut, weiß ich nie so recht, für welche von verschiedenen möglichen Optionen ich mich entscheiden soll. Als Erstes komme ich meistens auf die Idee, mich selber zu rechtfertigen, aber das kann harte Arbeit sein, zumal es dazu erforderlich ist, mir das Gedächtnis zu zermartern, um mich an Gelegenheiten zu erinnern, wo Violet ähnlich oder gleichermaßen verwerfliche Verbrechen begangen hat. Sie begeht aber nicht viele. Auch auf Stress aufgrund einer außergewöhnlich starken Arbeitsbelastung konnte ich mich kaum berufen. Meine Produktion war in letzter Zeit beinahe auf Null herabgesunken, trotz eines durchaus ansehnlichen Eingangs an Aufträgen. Natürlich gab es immer noch die Taktik mit der Devise: »Ich tue, was ich will, ich bin ja nicht dein Eigentum, oder?« Aber eine solche Reaktion ist in der Theorie einfacher als in der Praxis. Damit würde Violet mit Leichtigkeit fertig werden. Weniger unaufrichtig, aber dafür potenziell erheblich gefährlicher war die Option, meine wirklichen Ärgernisse darzulegen – echte, unverarbeitete Verletzungen, die schwerwiegend genug waren, um die Beschwerden meiner Frau wegen des Trinkens zu Staub zu zerschlagen. Etwas in mir zitterte immer noch vor kindischer Wut über die Art, wie Violet dazu neigte, meine Qualen wegen Dan mit einer Handbewegung vom Tisch zu wischen, nur weil sie für ihren Geschmack nicht ganz rational genug waren. Diesen Weg wollte ich im Moment lieber nicht einschlagen. Wohin mochte er führen?

Ich beschloss, es mit so einer Art Wahrheit zu versuchen.

»Ich habe mich gestern Abend betrunken, weil Greg … nun, er denkt, er sei Christ geworden. Ihn hat die Religion befallen. Ich weiß nicht, wie man das ausdrückt. Er hat so einen Typen kennen gelernt, Steve Soundso, und der saß gestern mit ihm in der Kneipe, als ich hinkam, und sie wollten über nichts anderes reden als über den liebsten Jesus mein, der lieber Alsterwasser trinkt als Bitter.«

Meine Stimme triefte vor Verachtung, aber mir wurde plötzlich klar, dass es, wenn meine Einstellung zu Gregs Bekehrung wirklich so abfällig und gleichgültig gewesen wäre, wie ich mich jetzt anhören musste, kaum eine Rechtfertigung für meine Behauptung gab, dass mein Abstieg in die Bewusstlosigkeit dadurch ausgelöst worden sei. Ich hatte Recht. Violet legte einen Finger an ihr Kinn und schaltete auf Perry-Mason-Modus.

»Lass mich sehen, ob ich das richtig verstanden habe. Greg hatte irgendeine religiöse Erfahrung, die du – verabscheust? Ist das ein zu starker Ausdruck? Ich möchte dich nicht missverstehen.«

Ich zuckte die Achseln. »Ja, mehr oder weniger, aber …«

»Und er kam mit dem Mann, der ihn dazu überredet oder dazu verführt hat oder was auch immer, in diesen abscheulichen Zustand zu verfallen, und sobald du davon hörtest, blieb dir sofort keine Wahl, als dich für teures Geld völlig zuzusaufen. Ist das eine treffende Zusammenfassung der Ereignisse?«

»Neii-i-n!« Ich zog meine Nummer mit dem Zungenschnalzen, Kopfschütteln und Seufzen ab. »So war es nicht. Es war einfach so, dass … nun ja, er hat sich so unglaublich zum Narren gemacht. Du weißt ja, wie er ist, wenn er sich etwas in den Kopf gesetzt hat. Eine oder zwei Wochen lang will er von nichts anderem etwas wissen, und dann verliert er plötzlich das Interesse und vergisst, dass er sich schon immer dafür interessiert hat. So war er schon immer. Erinnerst du dich an die Sache mit dem Schneeball-Verkaufssystem? Das war fast wie eine Religion. Er lässt sich einfach zu leicht hinters Licht führen – und ich weiß nicht … es hat mich einfach aufgeregt.«

»Warum hast du dich dann an dem Abend, als er dir von diesem Schneeballsystem erzählt hat, nicht betrunken?«

»Weil ich«, erklärte ich mit übertriebener Deutlichkeit, als hätte ich eine Halbidiotin vor mir, und fiel dabei blindlings in die Grube, die ich mir so eifrig selbst gegraben hatte, »wie ich schon sagte, wusste, dass es nicht lange Bestand haben würde.«

»Während diesmal …?«

Ich starrte Violet einen Moment lang schweigend an, und dann drang zu meinem eigenen Entsetzen ein Schluchzen aus meinem Inneren empor, und ich fing an zu weinen.

Ich stelle mir vor, dass Leute, denen es leichtfällt, vor anderen zu weinen, Schwierigkeiten haben werden zu verstehen, warum das für mich ein Erlebnis war das mich in meinen Grundfesten erschütterte. Die Sache war jedoch die, dass ich erzogen worden war, niemals vor einer anderen Person allzu starke Emotionen zu zeigen. Für mich war der Gedanke, an einem öffentlichen Ort Tränen zu vergießen, selbst wenn es ein so begrenzt öffentlicher Ort war wie die Gegenwart meiner Frau, etwa genauso schlimm wie der, nackt eine belebte Straße entlangzugehen. Violet und ich hatten es aus verschiedenen, nicht sehr guten Gründen seit einigen Jahren vermieden, offen über das Thema meines unterdrückten Gefühlslebens zu sprechen, obwohl ich wusste, dass es ihr großen Kummer machte, dass ich so selten meine Zuneigung ausdrückte und über andere, tiefere Gefühle praktisch niemals sprach.

Mein kleines kummervolles Schluchzen war daher so beispiellos in unserer Beziehung, dass keiner von uns wusste, was wir als Nächstes tun sollten. Ich riss mich beinahe sofort wieder zusammen, aber der Schaden, wenn es sich als solcher erweisen sollte, war bereits geschehen. Ich muss gestehen, dass der distanzierte Beobachter in mir, der scharfäugige Späher, der alle neuen Erfahrungen als mögliches Material zum Schreiben betrachtete, interessiert darauf wartete zu sehen, wie Violet auf diesen ungewohnten Ausbruch von Gefühlen reagieren würde. Mein anderes Ich, dasjenige, das gerade für eine Sekunde die Kontrolle verloren hatte, war entsetzt, dass sie mich in einem so verletzlichen Zustand gesehen hatte, wie kurz der Blick auch gewesen sein mochte. Ich atmete ein paar Mal durch und sagte nichts, während sie mich mit wachsam verdutztem Gesichtsausdruck anstarrte.

Plötzlich, aus keinem besonderen Grund, dessen ich mir bewusst gewesen wäre, ging mir auf, wie sehr ich nach all den Jahren unserer Ehe insgeheim immer noch das Gesicht meiner Frau liebte.

Ich liebte ihre großen, dunklen, ernsten Augen und die Art, wie einer ihrer Mundwinkel humorvoll abknickte, und ihre wohlgeformte, ausgewachsene Nase und ihr dunkles Haar, das sich in feinen Locken auf ihre Schultern ergoss. Zum tausendsten Mal fragte ich mich, warum ich unfähig war, mit ihr über solche Dinge zu reden, wo doch außer Frage stand, dass es das Beste war, was ich hätte tun können.

Sie sagte so lange nichts, dass ich ihren Blick nicht mehr ertragen konnte und mich wieder dem Studium meines Bechers zuwenden musste.

»Paul ...« Violet holte tief Luft und stieß sie wieder aus wie einen Strom von Zigarettenrauch, bevor sie ganz sanft weitersprach. »Worum geht es bei alledem wirklich?«

Ich stellte fest, dass ich unbewusst angefangen hatte, auf meinem Stuhl leicht vor und zurück zu schaukeln, vielleicht in dem Bestreben, irgendeine Art von Muster in dieses Chaos hineinzubringen. Jetzt musste ich entscheiden, ob ich Violet an mich heranlassen wollte oder nicht. Wie wäre es mit Verschieben? Ich blickte zu ihr auf.

»Worum geht es bei *was*?«

Sie drehte sich auf ihrem Stuhl zur Seite und schien, nachdem sie mich einen Moment lang durch zusammengekniffene Augen abschätzend angesehen hatte, eine Entscheidung zu treffen, eine Entscheidung, die in meiner verängstigten Wahrnehmung GEFAHR zu bedeuten schien. Sie beugte sich vor, stützte ihre verschränkten Arme auf den Tisch und sprach ebenso sanft weiter wie zuvor.

»Also schön, wenn du mich schon fragst, werde ich alles noch einmal durchgehen, und du kannst mir sagen, wo ich mich irre. Fangen wir mit der Arbeit an. Du schreibst zur Zeit kaum etwas, und das wäre ziemlich schlimm, wenn es über längere Zeit so bliebe, aus offensichtlichen Gründen, aber im Moment ist es nur bedeutsam, weil es zeigt, dass dein Verstand so sehr damit beschäftigt ist, mit irgendetwas anderem zu kämpfen, dass du dich nicht konzentrieren kannst. Okay, womit genau kämpfst du also? Nun, teilweise kennen wir die Antwort darauf, stimmt's? Es macht dir in letzter Zeit sehr zu schaffen, dass Dan, ebenso wie fast jeder andere Junge seines Alters, der je auf der Welt lebte, beschlossen hat, mit dem Gedanken zu experimentieren, dass er sein eigenes Leben hat. Was bedeutet das? Es bedeutet, dass er versucht, die Hauptrolle in seinem eigenen Leben zu spielen, und *das* wiederum bedeutet, dass du – und ich übrigens auch –, dass wir beide uns an neue, ebenso wichtige, aber rein unterstützende Rollen gewöhnen müssen, während er versucht, mit der Hauptrolle zurechtzukommen. Wie gesagt, das macht dir eine Menge zu schaffen.«

Ja, Violet, alles, was du über Experimente und eigenes Leben und Hauptrollen und unterstützende Rollen gesagt hast, ist nur zu wahr. Aber du hast mich trotzdem nicht richtig verstanden, weil du nicht hier unten in meinem Innern bist. Er war mein kleiner, großer, wachsender Freund, Violet. Er war der einzige Mensch, den ich in meinem Herzen festgehalten habe, wie ein armer Mann einen Diamanten festhält, den ihm ein Gott geschenkt hat, den es tatsächlich gibt. Er war das einzige Spielzeug, das ich nie zerbrochen oder beschädigt habe. Er war das einzige Projekt, in das ich alles hineingegeben habe, ohne zu versuchen zu mogeln oder abzukürzen. Er war das Beste, was ich je getan habe. Er war die Hoffnung, dass ich vielleicht doch nicht hoffnungslos wäre. Er war der einzige Spiegel, in den ich jemals schauen wollte. Hier unten im Dunkeln, Violet, da steckt eine Menge Heulen und Weinen und Qual. Der Schmerz, Violet, er ist wie ein Presslufthammer, der in meinem Kopf vor sich hin donnert. Er lässt nichts anderes geschehen. Entschuldige das Durcheinander der gemischten Metaphern, Violet, aber er ist wie die verdammte Arktis – endlose Nacht, und mir ist schlecht vor Angst, dass es nie wieder einen Morgen geben könnte. Keinen richtigen Morgen, wo plötzlich doch alles wieder in Ordnung ist und die Sonne scheint wie in einem Bilderbuch und wo absolut alles passieren kann und man über die Dinge lacht, die einem

Angst gemacht haben, als es dunkel war, und wo wir alle glücklich leben bis in alle Ewigkeit. Violet, Violet, Violet, verstehst du mich denn wirklich nicht? Willst du nicht zu mir herunter in die Dunkelheit kommen und mich festhalten und dich um mich kümmern, nur bis der Morgen kommt …

»Das hat mir ein bisschen zu schaffen gemacht, ja.«

»Ein bisschen?«

»Oui, un morceau.«

Schweigen. Geweitete Nüstern. Eine Entschlossenheit, beharrlich zu bleiben, nur für den Fall, dass es sich doch noch lohnen würde.

»Soll ich weiterreden?«

»Ich mag dein Haar.«

Schweigen. Ein ungläubiges kleines Kopfschütteln. Letzte Chance, kein Zweifel.

»Gerade eben hast du geweint, zum ersten Mal, seit wir zusammen sind. Nur ein kleines bisschen. Du hast es sofort alles wieder zurück in die Kiste gestopft – sobald dir dieses winzige Bruchstück entschlüpft war. Aber es war da, Paul. Ich habe es gesehen. Irgendetwas an dieser Sache mit Greg und wo auch immer er hineingeraten ist, ist dir wirklich unter die Haut gegangen, stimmt's? So sehr, dass du sogar vor meinen Augen geweint hast. Paul …«

Ich hatte mich wieder meinem Studium des Porzellans zugewandt, doch die nun folgende Pause hatte etwas an sich, das mich aufblicken ließ. Ein ungewöhnlich weicher Ausdruck lag jetzt in Violets Augen, und ihre Stimme klang noch sanfter als zuvor.

»Paul, bitte glaub mir – ich will, dass du deine Gefühle mit mir teilst. Ich weiß, du denkst, ich verstehe dich nicht und will dich in Wirklichkeit gar nicht unterstützen, aber hast du schon einmal darüber nachgedacht, dass du mir niemals wirklich sagst, wie du dich fühlst? Was ich meine, ist – ist dir klar, dass ich ausgeschlossen werde von dem Teil von dir, der weint? Du weißt, was in dir vorgeht, aber ich nicht. Wie könnte ich? Ich war gerade eben froh, als du … als du die Fassung verloren hast. Nein, das stimmt nicht. Ich war nicht nur froh, Paul, ich habe einen richtigen kleinen Begeisterungsschub gespürt. Wir haben jetzt schon so lange jeder in seiner eigenen Welt gelebt. Ich war so einsam. Wenn du nur wüsstest, wie sehr ich mir wünsche, dass wir uns nahe sind …«

Ihr Augen flehten mich an. Ich konnte sehen, wie sie gleich da draußen auf mich wartete. Doch obwohl ich mit aller Macht an den Gitterstäben rüttelte und gegen die Wände trat und rief und schrie, ich konnte nicht hinaus.

Die Sache ist die, Violet, als Greg diesen Mann mit in die Kneipe brachte und sagte, er hätte sich bekehrt, und unseren ganzen Freitagabend versaute – also, das war doch nicht fair, oder? Ich meine, das ist unsere gemeinsame Zeit, Gregs und meine. Unser Treffpunkt. Und er gehört mir. Greg gehört mir, nicht einem Mann namens Steve, der so gelassen und nett und christlich ist. Ich meine – wenn ich schon Danny verlieren muss, dann muss ich doch bestimmt nicht auch noch Greg verlieren, oder? Weißt du, Violet, ich habe nicht viele Menschen. Ich kann nicht dauernd welche verlieren, sonst bleibt am Ende keiner mehr übrig. Darum habe ich geweint. Du wirst doch bei mir bleiben, nicht wahr, Violet? Du wirst nicht zulassen, dass dich jemand mir wegnimmt, oder? Das könnte ich nicht ertragen. Abgesehen von Curly, wäre ich dann allein, und sie werde ich eines Tages wahrscheinlich auch verlieren. Halt mich fest. Bitte, halt mich fest …

Ich hörte, wie meine Stimme anfing zu sprechen, aber ich konnte es nicht verhindern.

»Tja, also der Grund für meine Tränen ist ganz einfach. Ich leider an einer Krankheit, die die Ärzte erst jetzt richtig klassifiziert haben. Sie heißt P.P.M.S.S.; das steht für prä-prä-menstruellen-Stress-Stress. Das tritt bei verheirateten Männern jeden Monat etwa eine Woche lang auf, und darauf folgt unweigerlich ein anderer Zustand namens post-prä-menstrueller-Stress-Stress. Die Symptome bestehen meist in einem völlig unbeherrschbaren Verlangen,

Alkohol zu sich zu nehmen, und einer Neigung, ohne jeglichen Grund in Tränen auszubrechen. Ich fürchte, heutzutage sind wir Männer hoffnungslos von den Hormonen unserer Frauen abhängig.«

Jetzt war nichts Weiches mehr in den Augen meiner Frau, nur Distanz, tiefe, tiefe Enttäuschung und eine seltsame Art von Furcht, die mir das Herz in der Brust gefrieren ließ.

»Ich gehe nach Curly sehen«, sagte sie und ging.

»Ich liebe deine Augen«, sagte ich zu leise, als dass sie es hätte hören können.

6

Der Samstag dauerte ungefähr ein Jahrzehnt. Das ist meistens so am Tag, nachdem man zu viel getrunken hat. Man ist sich trostlos bewusst, dass die Chance, genügend körperliche oder geistige Energie zusammenzuraffen, um an irgendetwas anderem als Fernsehen wirklich Spaß zu haben, ausgesprochen dünn ist. Zu dieser allgemeinen Schlaffheit kam die Erkenntnis, dass jegliche Irritationen meinerseits (natürlich vollkommen zutreffend) als Symptom meiner jüngsten alkoholischen Ausschweifung ausgelegt und entsprechend verurteilt werden würde. Ich ging an jenem Abend früh zu Bett und schlief fast augenblicklich ein.

Als ich früh am Sonntagmorgen aufwachte, ging mir unaufhörlich Greg im Kopf herum. In einer Weile, spekulierte ich, würde er aufstehen, sich so schick anziehen wie möglich (angesichts der eher cowboyhaften Beschaffenheit seiner Garderobe) und sich dann mit dieser neu gefundenen Begeisterung auf den Weg zu der Gemeinde machen, zu der dieser aalglatte Kerl von Steve gehörte. Mein ganzer Körper zuckte unwillkürlich vor Verlegenheit, als ich mir vorstellte, wie mein alter Freund und Zechgenosse öffentlich erklärte, wie negativ sein heidnischer Freund auf die Nachricht von seiner Bekehrung reagiert hätte. Oh, Gott! Sie werden vermutlich für mich beten, dachte ich. Jemand wird den Herrn bitten, die Barrieren des Zweifels und Widerstandes zu durchbrechen und all diesen Mist. Zum Kotzen!

Ich wandte meinen Kopf zur Seite, in der Erwartung, Violets Kopf auf dem Kissen und die dunklen Umrisse ihres Körpers neben mir zu sehen, aber sie war nicht da. Einen wilden Moment lang war ich voller atemloser Panik. Sie war weg! Violet hatte endlich genug gehabt und mich mitten in der Nacht verlassen und Dan und Curly mitgenommen. Ich war auf mich allein gestellt, und ich wusste nicht einmal, wo meine Familie war. Nach einem Moment klareren Nachdenkens kam ich darauf, dass es noch etwas wahrscheinlicher war, dass die Waltons Inzest trieben, als dass meine Frau etwas so Durchschlagendes und womöglich für die Kinder Schädliches tun würde. Violets Erscheinen an dieser Stelle mit einem Becher Tee (es war der schöne Becher mit den Blumen) schien diese Ansicht zu bestätigen. Aber warum brachte sie mir so früh am Morgen Tee? Dass es eine

Geste der Zuneigung sein sollte, war nicht anzunehmen.

»Ich bin schon seit einer Ewigkeit auf und lasse mir vor Sorgen graue Haare wachsen«, sagte Violet und stellte den Becher auf den Nachttisch neben meinem Bett, »also sehe ich nicht ein, warum du nicht jetzt aufwachen solltest. Du und ich, wir müssen uns ein paar ernsthafte Gedanken machen, und ich schlage vor, dass du jetzt gleich damit anfängst. Ich kann so nicht weitermachen, und ich habe es auch nicht vor. Es muss etwas passieren, also fang lieber an, dich zu fragen, was es sein soll. Ich gehe wieder nach unten.«

Der kalte unnachgiebige, mechanische Unterton in Violets Stimme ließ mir das Herz herabsinken wie einen Stein. Ich streckte eine Hand nach meinem Tee aus, doch ich zog sie wieder zurück, als mich eine Welle der Unglückseligkeit durchfuhr. Was in aller Welt konnte ich dagegen tun, dass ich ich war? Ich konnte doch nicht einfach beschließen, ein ganz anderer Mensch zu werden, oder? Oder war das albern und nachgiebig gegen mich selbst? Vielleicht war das, was eigentlich notwendig war, dass ich weit größere Anstrengungen unternahm, meine eigenen, dämlichen Pawlowschen Gefühlsreaktionen beiseitezulassen und darüber nachzudenken, was andere von mir brauchten. Konnte ich die Zähne zusammenbeißen und durchhalten? Das Problem dabei würde sein, wie ich sehr gut wusste, dass mir am Ende unweigerlich die Motivation ausgehen und ich der Versuchung nicht mehr widerstehen können würde, mit meinem eigenen selbstlosen Heldentum hausieren zu gehen. Und wenn dann diese Offenbarung nicht mit begeistertem, endlosem Applaus begrüßt wurde, so würde ich, das wusste ich genau, mich in triefendem Selbstmitleid versinken lassen, und alles würde wahrscheinlich noch schlimmer werden als zuvor. Vielleicht konnte eine Therapie helfen …

Ich bin nicht sicher, wie ich es schaffte, etwa an dieser Stelle meiner Überlegungen wieder einzuschlafen, aber ich weiß, dass ich in einen sehr lebhaften, beunruhigenden Traum versank.

In meinem Traum sah ich mich wieder in der Kneipe, nur dass es nicht mehr einfach nur die Kneipe war – sie war mein Zuhause, der Ort, wo ich lebte. Ich war allein dort im Schankraum, fieberhaft damit beschäftigt, zur Vorbereitung auf einen bevorstehenden Besuch Tische, Fensterbänke und Stuhllehnen zur polieren. Ich wollte es unbedingt vermeiden, noch da zu sein, wenn dieser mysteriöse Besucher eintraf, denn obwohl ich keine Ahnung hatte, wie er hieß, stand mir sein Gesicht vor Augen, und ich wusste, dass er die Verkörperung des Bösen war. Doch ebenso wusste ich mit absoluter Gewissheit, wie man sie nur in Träumen hat, dass mir, wenn ich ging, bevor ich jeden Winkel meines Hauses gründlich gereinigt hatte, dennoch etwas Finsteres, Furchtbares zustoßen würde.

Wie es in Albträumen oft geht, kam ich wiederholt an einen Punkt, wo ich dachte, ich hätte meine Aufgabe beendet, nur um mit einem plötzlichen Stich des Grauens zu bemerken, dass ich in meinem fieberhaften Bemühen, die Sache hinter mich zu bringen, eine Ecke oder eine Tischfläche oder ein Regal übersehen hatte. Endlich, als ich schon das Knirschen der Autoreifen draußen auf dem Kies hörte, war ich sicher, dass ich alles getan hatte. Beinahe schluchzend vor Hektik rannte ich zur Hintertür, nahm die Klinke in die Hand und wollte sie schon hinunterdrücken und gehen, da schien mir das Herz stehen zu bleiben. Ich hatte etwas vergessen. Mitten im Raum, zwischen mir und der Vordertür, stand ein kleiner Tisch, verschmiert, fleckig – offensichtlich nicht abgewischt. Wie konnte ich ihn übersehen haben? Als die Klinke der Vordertür sich drehte und die Tür sich selbst langsam zu öffnen begann, stürmte ich vorwärts, wischte hektisch mit dem Tuch, das ich noch immer in der Hand hatte, über die Oberfläche des Tisches, hastete zurück zur Hintertür, schlüpfte hindurch und schlug sie genau in dem Augenblick hinter mir zu, als eine schattenhafte Gestalt am anderen Ende der Theke erschien.

Der nächste Teil meines Traums war wie einer jener Abenteuerfilme, in denen jemand versucht, einen Beschatter abzuhängen. Ich kletterte in Taxis und wieder hinaus, duckte mich in Kaufhäuser und verließ sie wieder durch Seiteneingänge, lag an einer Stelle sogar auf dem Dach eines fahrenden Zuges und ruderte schließlich in einem kleinen Boot über einen riesigen, stillen See auf eine winzige Insel zu, die unter einer niedrigen Nebelwolke verborgen lag. Plötzlich befand ich mich auf der Insel und ging, so unwahrscheinlich es klingen mag, auf eine kleine, von Bäumen umstandene Kneipe zu, deren funkelnde Lichter und anheimelnde Ausstrahlung Geborgenheit und Trost zu verheißen schienen. Drinnen saß zu meiner großen Freude an einem Tisch in der hintersten Ecke Greg, lächelte und winkte mir zu, wie er es in der Vergangenheit immer getan hatte, bevor er religiös wurde.

Voller Erleichterung und Freude ging ich auf ihn zu, doch als ich mich dem Tisch näherte und mich anschickte, mich hinzusetzen, überkam mich eine fürchterliche Vorahnung. Es war zu spät – ich saß bereits. Als ich aufblickte, sah ich, wie sich Gregs Gesicht vor meinen Augen veränderte und das freundliche Lächeln sich zu einer Fratze bösartigen Triumphs verzerrte. Ein stummer Schrei erfüllte meinen Kopf, als ich begriff, dass ich meinem Besucher doch nicht entgangen war.

Ich glaubte wirklich, ich wäre mit einem hörbaren Schrei aus diesem Albtraum erwacht, doch als Violet ein paar Sekunden später den Raum betrat, sah sie nicht aus, als ob sie irgendetwas dergleichen gehört hätte.

»Du hast ja deinen Tee noch gar nicht angerührt«, sagte sie, und dann, mit Argwohn in der Stimme: »Du bist doch wohl nicht wieder eingeschlafen, oder?«

Ich streckte meine Hand in ihre Richtung aus.

»Violet – bitte, könntest du mich einen Augenblick festhalten? Ich hatte gerade eben einen grauenhaften Albtraum. Ich ... kann im Moment noch gar nicht recht glauben, dass er nicht wirklich war.«

Trotz des Bebens, das immer noch durch mein Bewusstsein ging, war es schön, den barmherzigen Ausdruck in den Augen meiner Frau zu sehen, als sie sich auf meine Bettkante setzte und meine Hand nahm.

»Was für ein Albtraum?«

»Ach, da war jemand hinter mir her, und Greg war in so einer Art Kneipe und – oh, ich will nicht daran denken.« Ich schnappte nach einem vorüberfliegenden Impuls und hielt ihn fest, bevor er mir entkommen konnte. »Violet, ich liebe dich sehr, weißt du.«

Violets Augen hellten sich für einen Moment auf, dann seufzte sie und schüttelte ganz leicht den Kopf.

Es war erst ungefähr das dritte Mal, dass ich das gesagt hatte, seit wir verheiratet waren.

»Wirklich?«, fragte sie mit einer dünnen, nicht sehr hoffnungsvollen Stimme. »Liebst du mich wirklich?«

»Ich werde jetzt aufstehen«, sagte ich ihr, »und dann mache ich einen kleinen Spaziergang am Fluss, und dann werde ich wiederkommen – dann sage ich dir, was ich tun werde.«

Wir schwiegen beide eine kleine Weile. Dann löste Violet sanft ihre Hand von meiner und stand langsam auf. »Ich gehe hinunter und kümmere mich ums Essen«, sagte sie. »Wir sehen uns später.«

7

Am Ende ging ich doch nicht zum Fluss. Als ich aus der Tür trat, kam mir der Gedanke, dass vermutlich eine Menge Leute dort sein würde, und im Moment hatte ich keine Lust, irgendjemandem zu begegnen. Ein winzig kleiner Hoffnungsschimmer leuchtete irgendwo am Rand meines inneren Gesichtsfeldes, und ich wollte eine Chance haben, ihn mir richtig anzusehen – herauszufinden, ob er mich irgendwo hinführen würde. Ich hatte Violet gesagt, dass ich sie liebe. Ich hatte tatsächlich Violet gesagt, dass ich sie liebe! Ich hatte gesehen, wie sich ihre Augen, wenn auch nur einen kleinen Moment lang, mit etwas anderem füllten als Wut, und sie hatte meine Hand gehalten und war beinahe – sie war beinahe etwas gewesen, das sie früher oft gewesen war. Sie war beinahe ein bisschen glücklich gewesen.

Ich fuhr hinauf auf den Vokes Hill, ließ den Wagen auf dem unebenen alten Parkplatz neben der Straße stehen und ging langsam, leise vor mich hin summend, auf den Rand des Tales zu. Es gab ein kleines Fleckchen weichen Rasens, genau da, wo das Gelände abzufallen begann. Das war einer meiner Lieblingsplätze – war es schon immer gewesen. Dort setzte ich mich hin und starrte über das Tal hinweg, in der Hoffnung, irgendeine Inspiration würde mich überkommen oder erfüllen oder irgendetwas mit mir machen.

Was tatsächlich geschah, war, dass ich auf einmal wieder zu weinen begann. Ich konnte nichts dagegen tun. Diesmal ergoss es sich wie einer jener Geysire, die heißes Wasser in die Luft schleudern. Ich war so froh, dass niemand in der Nähe war, denn dies war kein sanftes, schönes kleines Weinen, es war ein Hervorbrechen – vermutete ich – all jener Dinge, die ich über Jahre hinweg in jenem Teil von mir verschlossen gehalten hatte, der Dinge fühlte und nicht wusste, wie er sie ausdrücken sollte. Ein kleiner, separater Teil von mir lauschte voll Erstaunen dem Heulen und Schluchzen, den verzweifelten Lauten, die ich von mir gab, Laute, wie ich sie noch nie zuvor gemacht hatte, soweit ich mich erinnern konnte.

Dann verebbten die Tränen ein wenig, aber nur ein wenig, und ich fing an, mit jemandem zu sprechen. Ich hatte keine Ahnung, mit wem ich eigentlich zu reden glaubte, aber ich schien wirklich mit ihm oder ihr kommunizieren zu wollen.

»Ich kann es einfach nicht ertragen«, sagte ich zwischen meinen Schluchzern und meinem Geheul, »dass Dan so erwachsen ist und mich nicht mehr so mag und mich ansieht, als ob er mich für einen Idioten hielte. Weißt du, er hat immer zu mir aufgeblickt, und er – also – er wollte mir wirklich gefallen, weil ich sein Papa war und wir immer alles zusammen machten, und jetzt ist das nicht mehr so. Und was soll werden, wenn die kleine Curly plötzlich ganz kratzbürstig wird, wenn sie groß ist – ich halte das nicht aus, ich halte das einfach nicht aus! Und ich möchte so gern, dass Violet glücklich ist, aber ich tauge nicht dazu, die Dinge zu sagen, die sie … die sie von mir hören möchte, obwohl ich es vorhin getan habe, und ich wünschte, ich wünschte wirklich, ich könnte so sein, wie sie es will, aber ich bin es einfach nicht …«

Allmählich, während ich all diese umherwirbelnden Gedanken herausließ, kamen meine Gefühle wieder unter Kontrolle. Endlich gab ich nur noch kleine Schnieflaute von mir, und gelegentlich durchlief mich ein Schauder. Ich putzte mir die Nase mit einem Fetzen Papiertaschentuch, den ich aus meiner Innentasche ausgegraben hatte, und beerdigte das Ergebnis unter einem Grabstein aus Erde. Dann pflückte ich einen hohen Grashalm mit einer braunen Dolde am Ende und begann ihn in leisem, ernsthaftem Ton anzureden.

»Und nun«, sagte ich, »kommen wir zum Thema Greg. Du« – ich richtete anklagend meine Finger auf den Grashalm – »hast es irgendwie geschafft, ihn in dein *Ding* hineinzulocken, was immer dein Ding ist, gerade jetzt, wo ich diese exklusive Aufmerksamkeit am dringendsten brauche. Du schleust diesen Steve zusammen mit Greg in *meine* Kneipe, aus Gründen, die du selbst am besten kennst, und zwingst mich, mir anzuhören, wie er taktvoll ist und großzügig und – uugh!« Ich machte ein Geräusch, als müsste ich mich übergeben. Der Grashalm schwankte sanft und heiter. Er schien sich nicht im Geringsten zu schämen.

Die nächsten fünf Minuten erfordern einige Erklärungen, oder sie würden sie erfordern, wenn sie sich erklären ließen. Es war, als ob unter all dem Gejammer und meinen Tiraden gegen die örtliche Vegetation noch ein ganz anderer, ziemlich langer Dialog abgelaufen wäre. Plötzlich redete ich gar nicht mehr zu dem Grashalm, ich warf ihn sogar weg und blickte hinaus über das Tal, während ich weitersprach.

»Was wird passieren, wenn ich nachgebe und mit dir gehe? Was werde ich sagen und tun müssen? Wem werde ich davon erzählen müssen? Mit welchem Zweig der lebendigen Toten werde ich mich öffentlich identifizieren? Was wird Violet sagen? Was wird Greg nächste Woche sagen, wenn er plötzlich verkündet, er habe sich geirrt und wolle stattdessen ein Zeuge Jehovas sein, und ich bin ganz Feuer und Flamme für das, was er gerade hinter sich gelassen hat? Werden wir immer noch hinunter in die Kneipe gehen?« Pause »Was *wird* Violet sagen?«

Als ich diese letzte Frage zum zweiten Mal stellte, sah ich Violets Gesicht wieder vor mir, voller Hoffnung, wie es am Morgen für einen flüchtigen Moment gewesen war, und ich wusste – fragen Sie mich nicht, wie, aber ich wusste es –, dass ihre Tränen und ihre Hoffnung und ein großer Teil meines Kummers, den sie empfunden hatte, bewohnt waren von der Person, mit der ich hier oben auf der Kuppe dieses Hügels redete. Ich weiß, das klingt absurd, aber dieses neue Wissen hatte eine solide Wirklichkeit an sich, der ich einfach nicht ausweichen konnte. Ich schüttelte den Kopf, plötzlich verlegen über die Nähe meiner eigenen Gedanken. Was war los? Redete ich mit Gott? Redete er mit mir?

Allmählich wurde mir, während ich dort saß, bewusst, dass etwas an mir anders geworden war – etwas daran, wie ich mich für mich selbst anfühlte, meine ich. Ein paar Minuten lang bemühte ich mich vergeblich, es zu fassen, aber dann dämmerte mir, was es war. Ein paar Minuten lang hatte ich tatsächlich so etwas wie Frieden empfunden.

Frieden?

Ich wusste schon fast nicht mehr, was Frieden bedeutete. Ich hatte mich daran gewöhnt, unter ständiger Spannung zu leben. Abends im Bett musste ich oft die Muskeln in meinem Nacken durch eine Willensanstrengung entspannen, bevor ich in der Lage war, meinen Kopf wirklich ruhen zu lassen und einzuschlafen. Für eine kleine Weile waren die Federn in meinem Innern losgelassen worden und hatten wieder die Form annehmen können, für die sie bestimmt waren. Es war ein seltsames, beinahe beschwipstes Gefühl. Sehr angenehm, wirklich sehr angenehm.

Wie in einem Traum fuhr ich wieder den Hügel hinab und summte vor mich hin, wie ich es schon vorhin getan hatte. Ich hatte keine Ahnung, was ich zu Violet sagen würde, ich hatte keinen Aktionsplan im Kopf. Irgendwie schien es keine Rolle zu spielen. Ich fragte mich, ob alles wieder in den gewohnten Bahnen laufen würde, sobald ich nach Hause kam.

»Lass das nicht zu!«, beschwor ich den Grashalmersatz, als ich in die Einfahrt einbog und den Wagen anhielt. In der Zeit bis zum Mittagessen waren Violet und ich seltsam schüchtern miteinander. In gewisser Hinsicht war das ganz nett – ein bisschen so wie in der Zeit, als wir uns ineinander verliebt hatten. Dankenswerterweise waren beide Kinder heute draußen unterwegs. Keiner von uns wollte den Moment verderben, indem er das dornige Thema »Was würde ich tun?« zur Sprache brachte. Violet tat es am Ende trotzdem. Ich wusste, dass sie es tun würde. Trotz der kleinen Windstille sehnte sie sich verzweifelt danach, dass sich etwas änderte, und ich empfand immer noch tief in mir eine Furcht bei dem Gedanken, dass sie aufhören könnte, mich zu lieben, und sich für immer in sich selbst zurückziehen könnte.

»Was wirst du tun?«

Das fragte sie mich, gerade als ich mein Glas hausgemachter Limonade in die Hand nahm, und ich hatte immer noch keine Antwort für sie bereit. Was *würde* ich tun? Im Stillen stellte ich mir selbst erneut die Frage. Was werde ich tun? Was werde ich …?

»Ich würde gern bald einmal Greg und seinen Freund Steve zu uns zum Abendessen einladen.«

Sie sah mich einen Moment lang unverwandt an und sagte dann leise, doch mit einer herausfordernden Festigkeit in der Stimme: »Wie wäre es mit übermorgen?«

Ich schluckte. »Übermorgen wäre prima.«

»Also schön.«

»Ich liebe dich, Violet.«

Viermal in einem einzigen Leben! Ich konnte es kaum glauben. Sie auch nicht.

»Ich liebe dich auch, aber Paul, wenn sich nicht bald etwas ändert …«

Ich streckte ihr die Hand entgegen. »Nimm dir ein Taschentuch. Lass das Geschirr stehen, und komm mit, wir machen einen kleinen Spaziergang auf den Hügel. Gehe auf meinen Wahnsinn ein. Da gibt es einen Grashalm, den ich dir gerne vorstellen möchte.«

Ende